D0606379

Escalones

Bajo el mar

CHANHASSEN, MINNESOTA

Two-Can Publishing
una división de Creative Publishing international, Inc.
18705 Lake Drive East
Chanhassen, MN 55317
1-800-328-3895
www.two-canpublishing.com

Traducción de Susana Pasternac
Servicios de lenguaje y composición provistos por translations.com

Creado por
act-two
346 Old Street
London EC1V 9RB

Escrito por: Angela Wilkes
Cuento de: Belinda Webster
Ilustraciones principales: Steve Holmes
Ilustraciones por computadora: Jon Stuart

HC ISBN 1-58728-475-8
SC ISBN 1-58728-476-6

Créditos de fotos: p4: Bruce Coleman Ltd; p6: Tony Stone Images; p8: BBC Natural History Unit; p9: Tony Stone Images; p10: Natural History Photographic Agency; p11: Planet Earth Pictures; p12: Tony Stone Images; p17: Planet Earth Pictures; p18: Planet Earth Pictures; p9: Tony Stone Images; p20: Oxford Scientific Films; p22: Planet Earth Pictures; p23: Tony Stone Images

1 2 3 4 5 6 09 08 07 06 05 04

Impreso en China

¿Qué hay adentro?

Este libro habla de muchos animales interesantes que viven bajo el agua. En el extraño mundo submarino, los animales pueden respirar en el agua, algunos nadan todo el día y otros se arrastran entre las rocas y las plantas del lecho del mar.

Delfines y ballenas

Los delfines y las ballenas son animales parecidos que viven en el océano. No son peces, son mamíferos que alimentan a sus crías con la leche de la madre. Además, suben a la superficie para respirar y se zambullen con un aletazo de la cola.

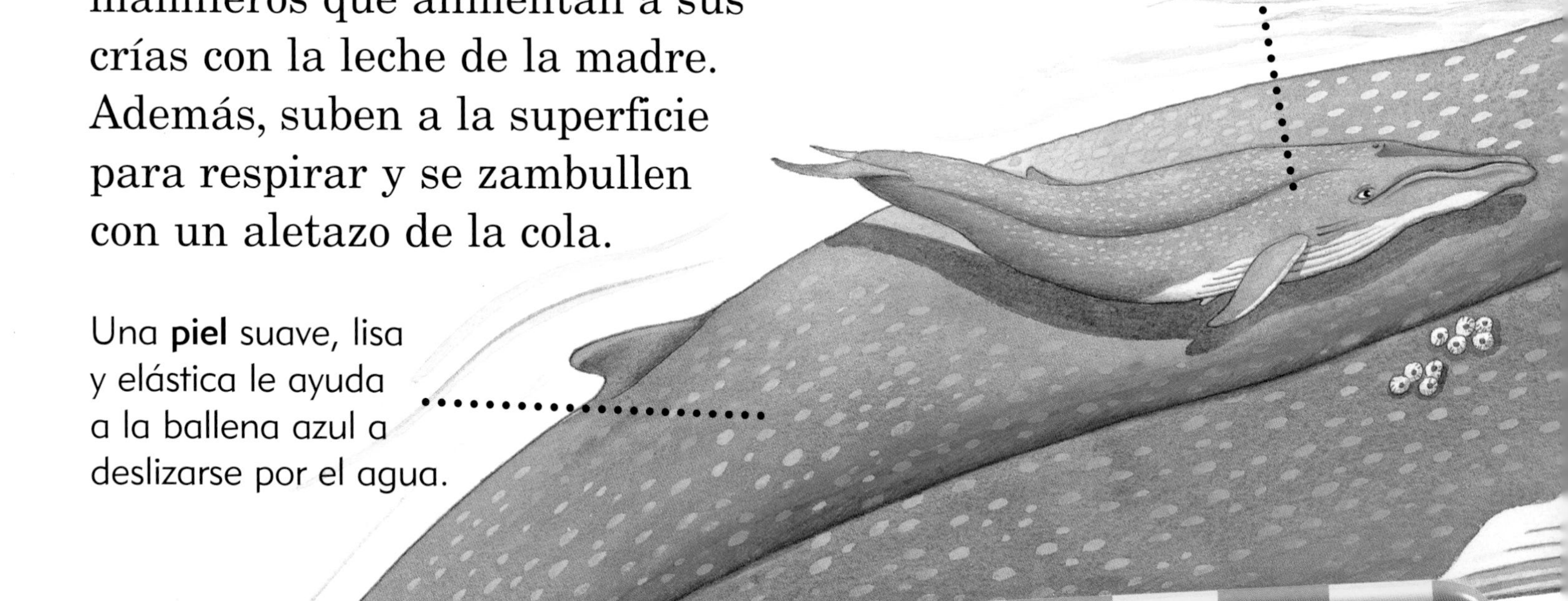

El **ballenato** nada cerca de su madre.

Una **piel** suave, lisa y elástica le ayuda a la ballena azul a deslizarse por el agua.

Para nadar, una ballena mueve su poderosa **cola** de arriba abajo.

¿Sabías que...?

Una ballena azul recién nacida pesa tanto como un elefante adulto. ¡Una ballena azul es larga como cinco elefantes en fila!

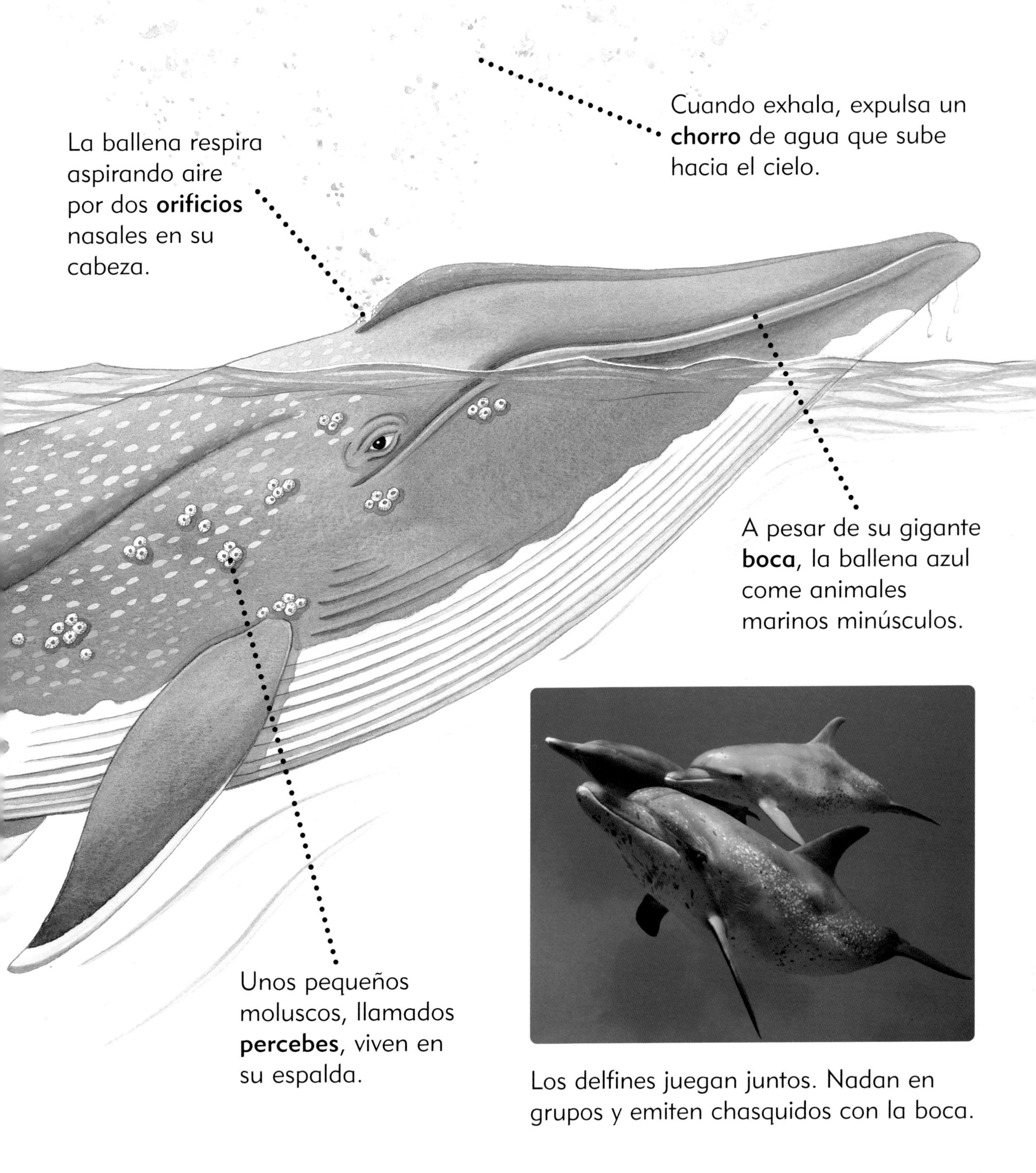

Los delfines juegan juntos. Nadan en grupos y emiten chasquidos con la boca.

Tortugas marinas

¡La tortuga marina puede vivir hasta 100 años! Le gusta nadar en las aguas cálidas y poco profundas del mar. Cada tantos años, una mamá tortuga nada hacia la playa. Se arrastra hasta la orilla y pone muchos huevos de los que nacen tortuguitas.

La tortuga marina nada rápido. Usa sus largas aletas delanteras como remos y avanza en el agua como si remara.

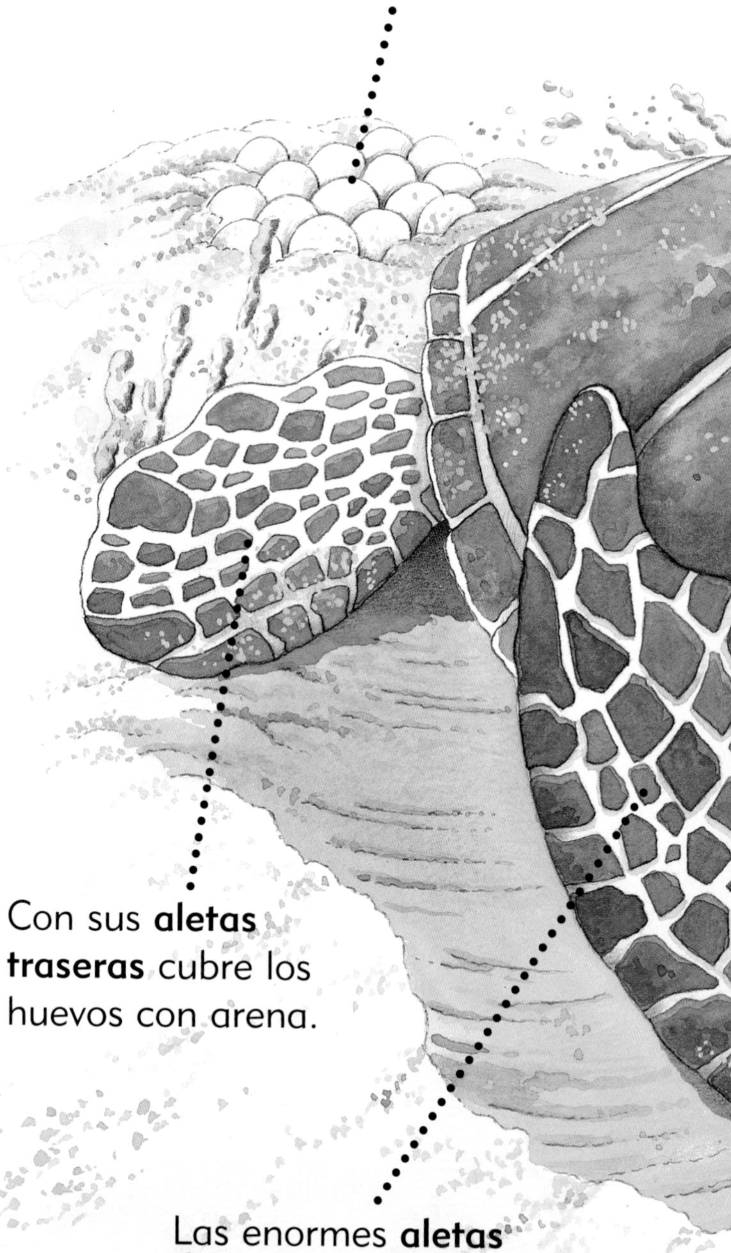

Un grueso **caparazón** protege el blando cuerpo de la tortuga.

Gruesas y duras **escamas** cubren el caparazón para fortalecerlo.

¿Sabias que...?

Apenas nacidas, las tortuguitas salen de su agujero y se arrastran hasta el mar. ¡Es toda una aventura!

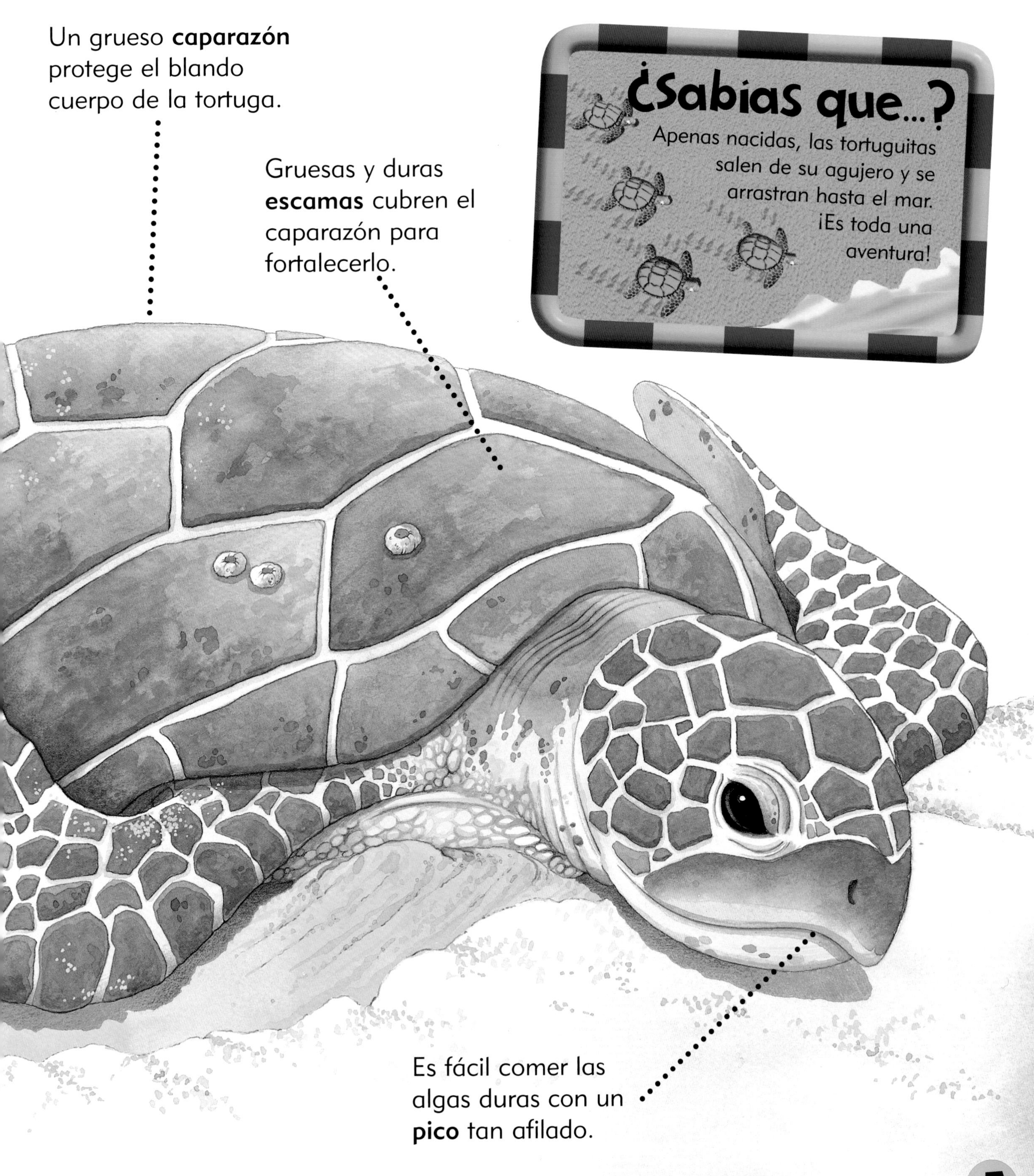

Es fácil comer las algas duras con un **pico** tan afilado.

Tiburones

El tiburón hambriento nada silenciosamente buscando su cena. Puede ver, oír y oler la comida desde lejos. Algunos tiburones, como el gran tiburón blanco de la figura central, son feroces, pero la mayoría son bastante tímidos.

¿Sabías que...?

El tiburón tigre es como un recolector de basura. Come de todo, desde latas vacías hasta botas viejas .

Este tiburón cabeza de martillo sí que parece extraño. Tiene una cabeza ancha y aplanada como un martillo, con un ojo a cada lado.

La **nariz** larga y redondeada huele comida.

Las enormes **mandíbulas** pueden atrapar hasta el pez más grande y fuerte.

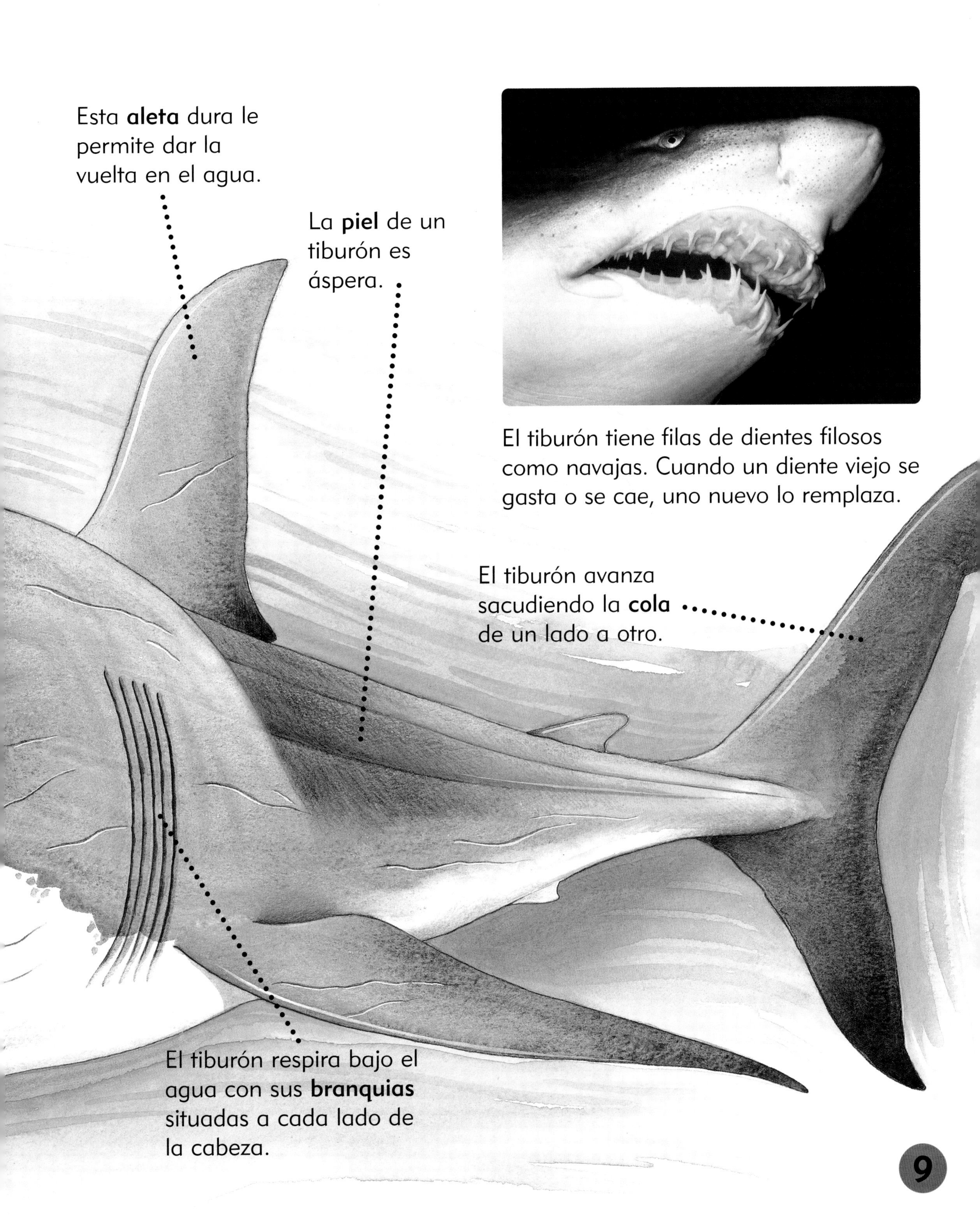
Esta **aleta** dura le permite dar la vuelta en el agua.
La **piel** de un tiburón es áspera.
El tiburón tiene filas de dientes filosos como navajas. Cuando un diente viejo se gasta o se cae, uno nuevo lo remplaza.
El tiburón avanza sacudiendo la **cola** de un lado a otro.
El tiburón respira bajo el agua con sus **branquias** situadas a cada lado de la cabeza.

Pulpos

El escurridizo pulpo pasa su día durmiendo entre las rocas del fondo del mar. Por la noche, sale de su refugio para buscar comida. Y aunque la mayor parte del tiempo se arrastra por el fondo del mar es un excelente nadador.

Unos **ojos** enormes son buenos para detectar comida y enemigos.

Para avanzar, el pulpo lanza agua por un **embudo**.

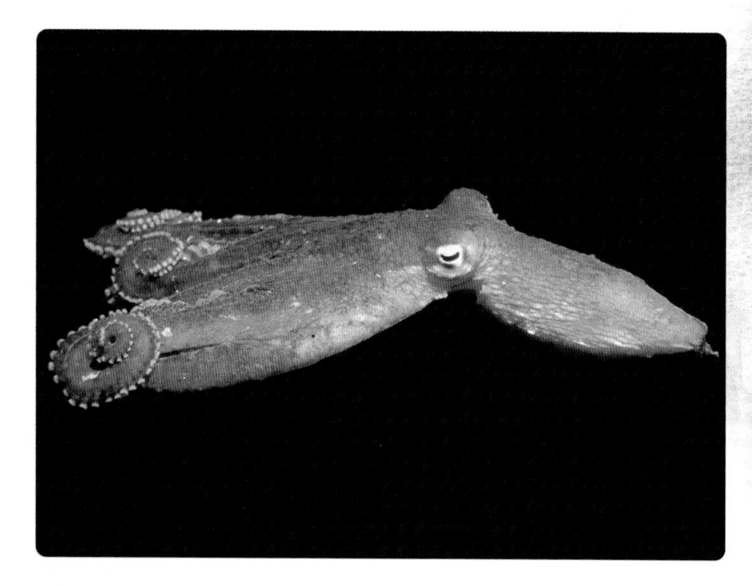

Para nadar, el pulpo estira y afina su cuerpo y avanza lanzando chorros de agua.

Es fácil esconderse en lugares pequeños con un **cuerpo blando**.

Unas hileras de **ventosas** le permiten aferrarse a las piedras.

¿Puedes ver el pulpo oculto en esta foto? Su piel anaranjada con manchas blancas se confunde con el colorido lecho marino.

El **cangrejo** es una excelente comida para el pulpo hambriento.

Un pulpo tiene ocho brazos llamados **tentáculos**.

Rayas

Algunas rayas descansan en el fondo del mar mientras otras nadan cerca de la superficie del océano. En el dibujo central puedes ver una manta raya. Su cuerpo aplanado se desliza velozmente como si fuera un pájaro. ¡Algunas veces sale volando fuera del agua!

Para nadar, la manta raya mueve lentamente de arriba abajo sus enormes **alas**.

¡Cuidado con esta raya vaca! Se defiende picando con su venenosa cola llena de espinas.

Arrastra por el agua una delgada y pequeña **cola**.

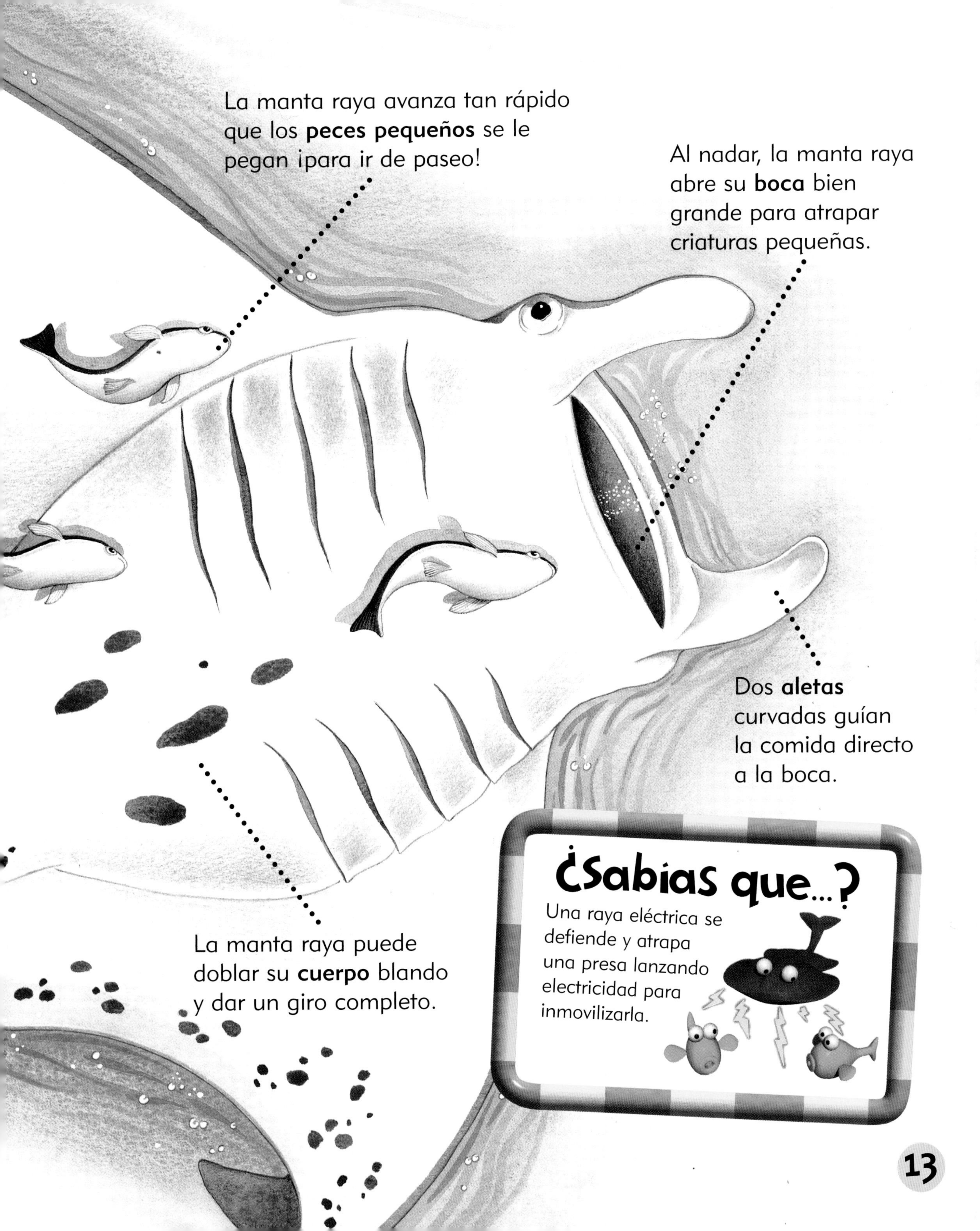

La manta raya avanza tan rápido que los **peces pequeños** se le pegan ¡para ir de paseo!

Al nadar, la manta raya abre su **boca** bien grande para atrapar criaturas pequeñas.

Dos **aletas** curvadas guían la comida directo a la boca.

La manta raya puede doblar su **cuerpo** blando y dar un giro completo.

¿Sabías que...?

Una raya eléctrica se defiende y atrapa una presa lanzando electricidad para inmovilizarla.

¿Para qué mueve las aletas la manta?

En el agua

En el océano hay lugar para todas las variedades de animales. Todos los peces nadan buscando comida.

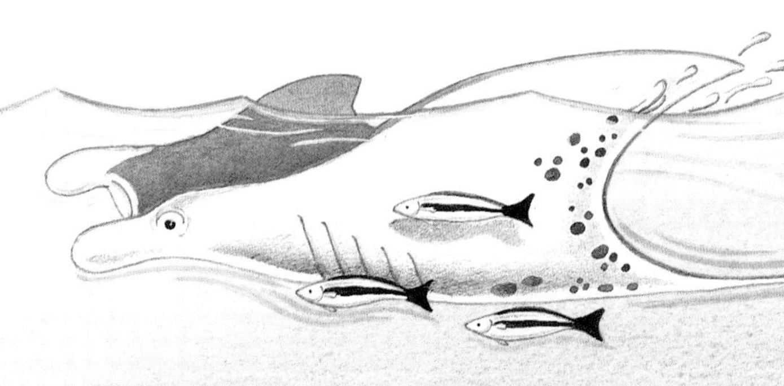

¿Qué animal tiene hileras de dientes filosos como navajas?

Palabras que ya sabes

He aquí algunas palabras que ya has visto en este libro. Léelas en voz alta y luego trata de encontrar las cosas en el dibujo.

bránqueas **embudo** **cola**

caparazón **ventosas** **aletas**

¿Cómo hace la tortuga marina para avanzar en el agua?

¿Cuántos delfines ves jugando en el agua?

¿Qué enorme animal lanza chorros de agua por sus orificios nasales?

¿Qué animal tiene un cuerpo blando y ocho brazos?

Cangrejos

El cangrejo camina de costado con sus largas **patas**.

Los cangrejos pueden ser pequeños como chícharos o grandes como platos. Corren por el lecho del mar o la arena de la playa. Cuando un animal peligroso se le acerca, se esconden en la arena o bajo una roca.

Las **pinzas** sirven para aplastar la comida o para defenderse.

Los ojos están sobre unas **torretas** que le permiten observar muy bien.

¿Sabías que...?

Cuando el cangrejo crece más grande que su concha, ésta se parte y da paso a otra más grande.

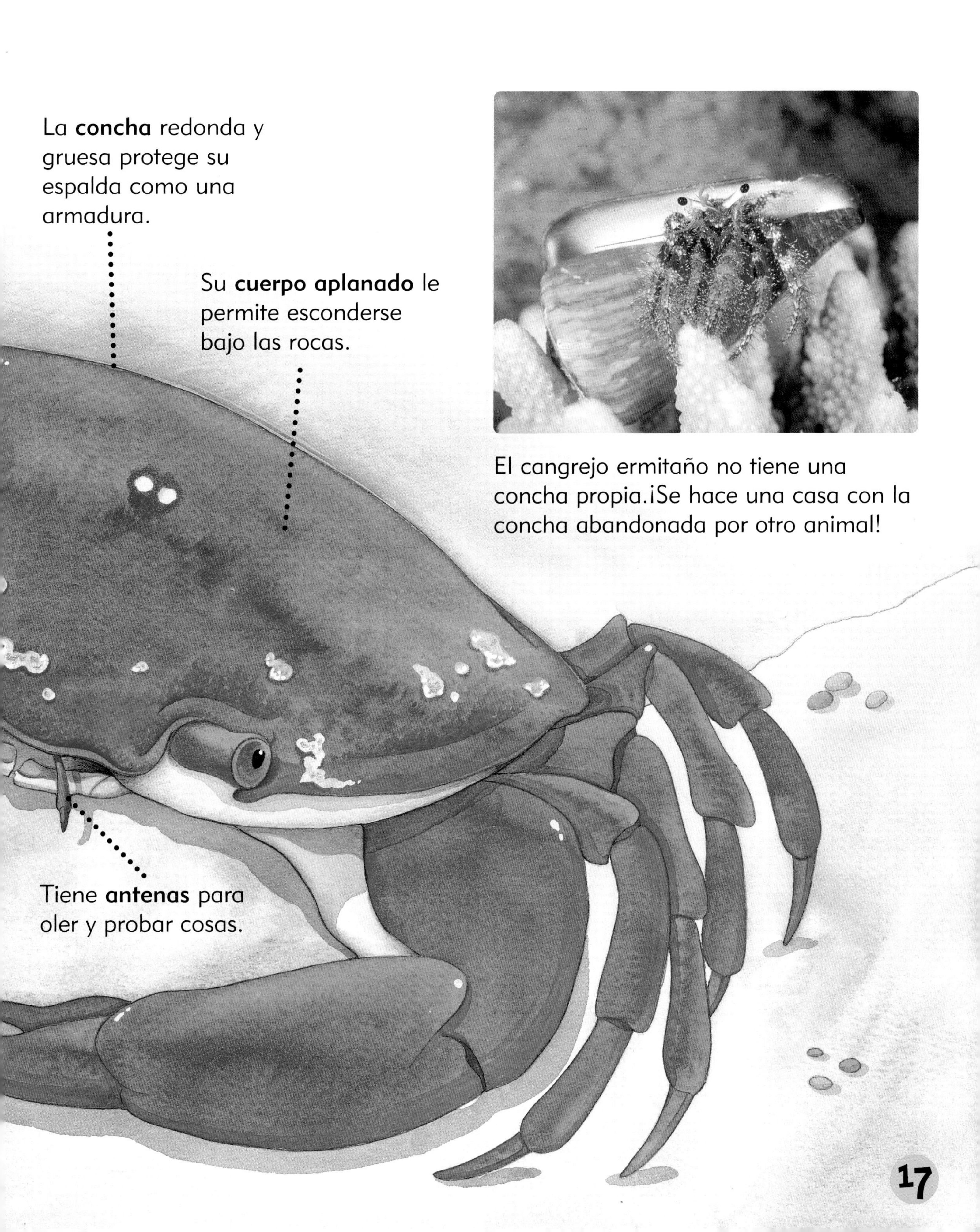

La **concha** redonda y gruesa protege su espalda como una armadura.

Su **cuerpo aplanado** le permite esconderse bajo las rocas.

Tiene **antenas** para oler y probar cosas.

El cangrejo ermitaño no tiene una concha propia.¡Se hace una casa con la concha abandonada por otro animal!

Peces de color

Miles de pececitos de color nadan por los arrecifes de coral. El agua es tibia y soleada y hay mucho para comer. También hay lugares para esconderse de los peces más grandes que andan buscando comida.

Este pez escorpena espanta a sus enemigos. Sus rayas rojas y las espinas de su cuerpo le dan un aspecto pavoroso.

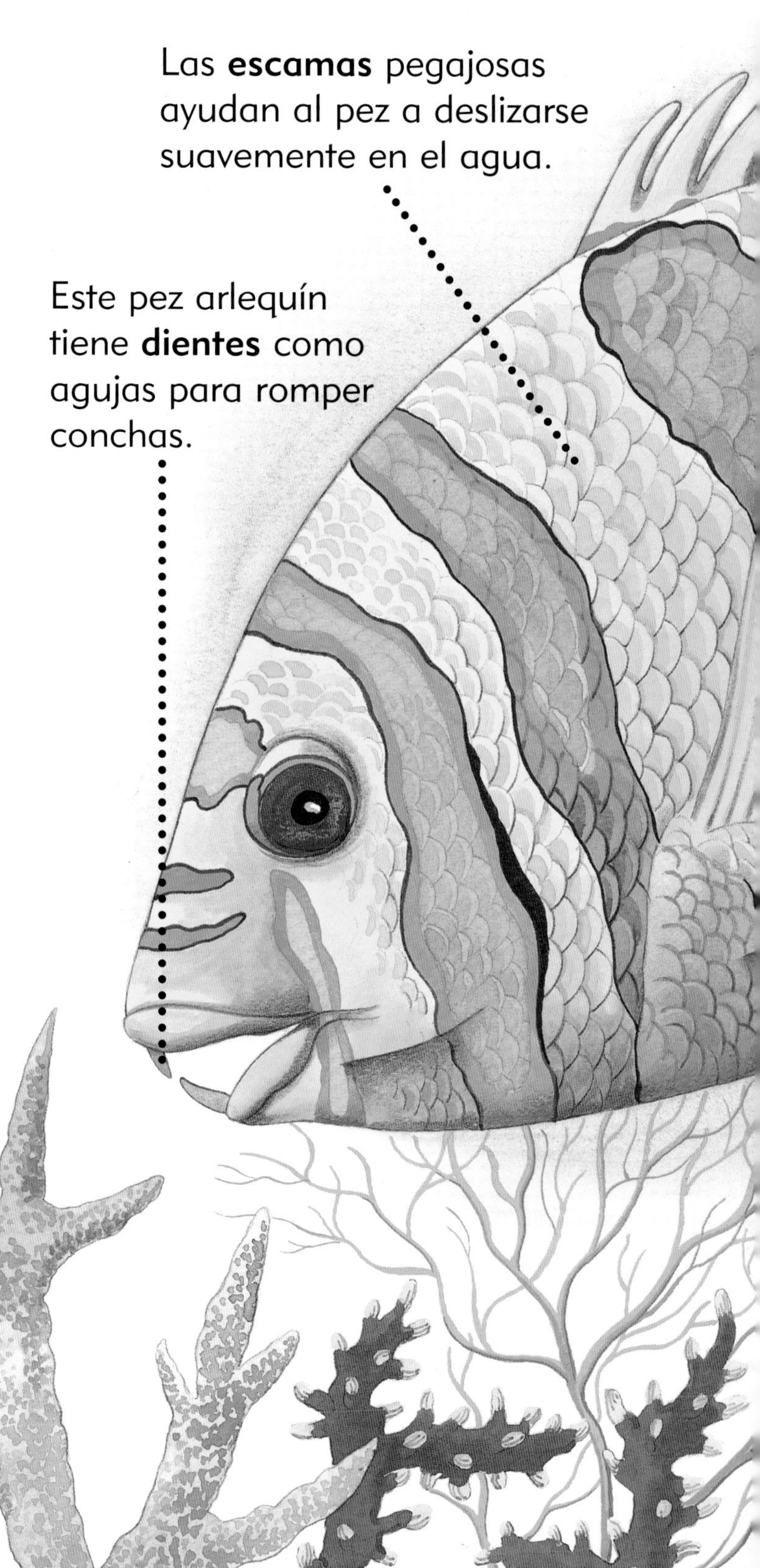

Las **escamas** pegajosas ayudan al pez a deslizarse suavemente en el agua.

Este pez arlequín tiene **dientes** como agujas para romper conchas.

El **coral** crece con formas y colores hermosos.

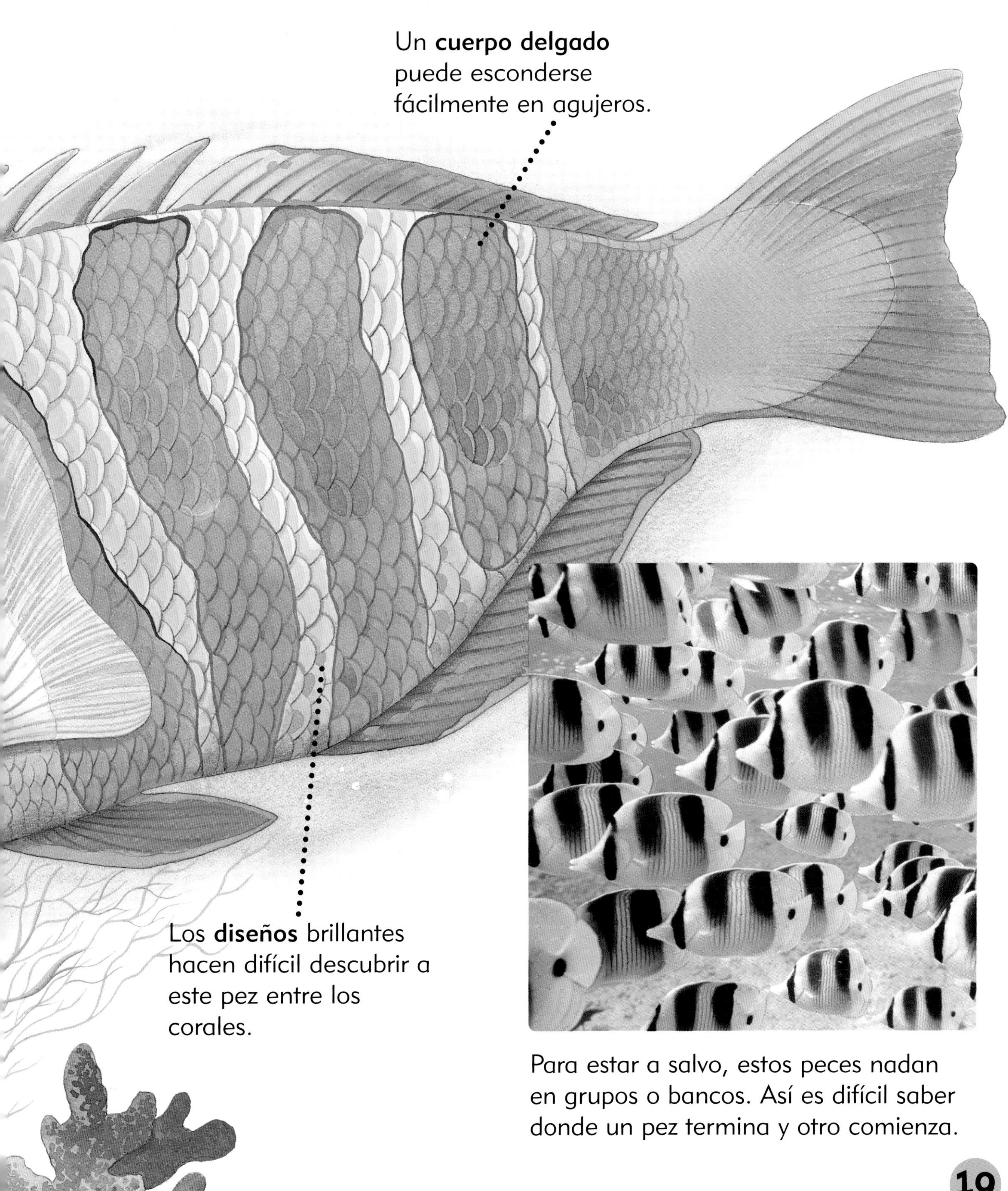

Para estar a salvo, estos peces nadan en grupos o bancos. Así es difícil saber donde un pez termina y otro comienza.

Caballitos de mar

Los caballitos de mar o hipocampos son pececitos a los que les gusta moverse suavemente por el agua. Pueden tener cientos de bebés. La mamá entrega los huevos al papá y él los guarda en una bolsa especial hasta que nacen.

Este rizado hipocampo tiene aletas en forma de hojas para engañar a sus enemigos. ¡Parece una alga perdida en el mar!

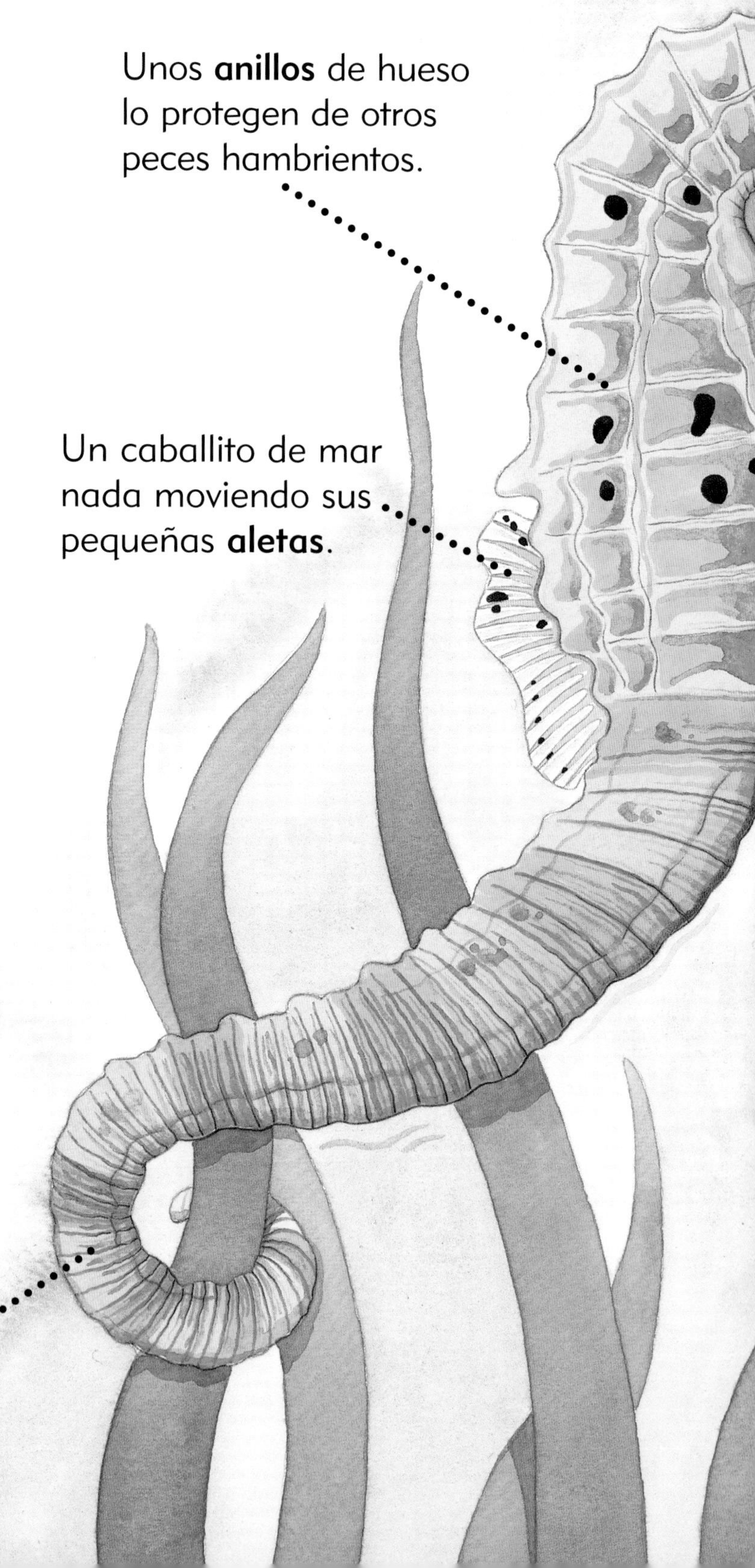

Unos **anillos** de hueso lo protegen de otros peces hambrientos.

Un caballito de mar nada moviendo sus pequeñas **aletas**.

Cuando un caballito de mar quiere descansar, enrosca su **cola** en las algas.

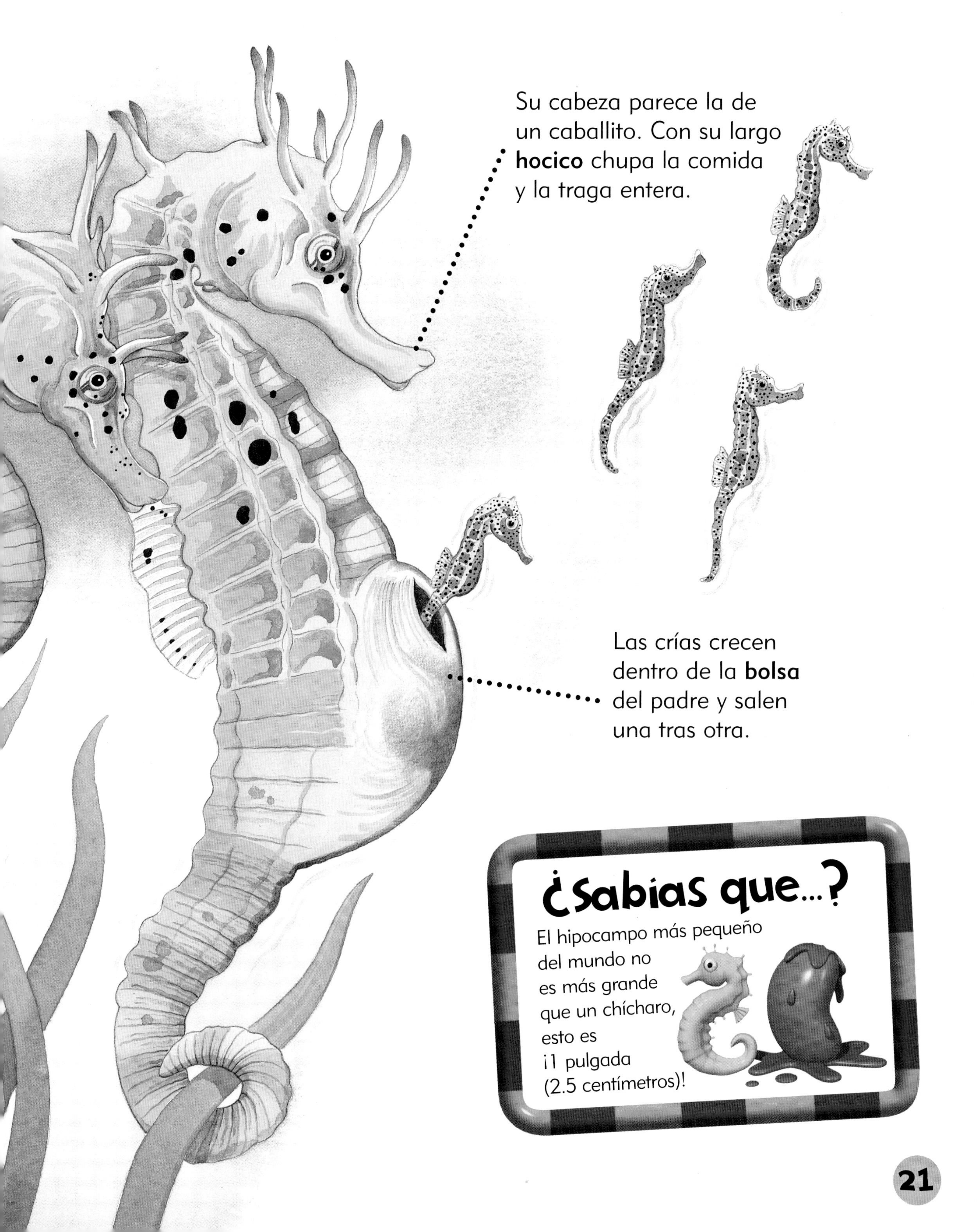

Su cabeza parece la de un caballito. Con su largo **hocico** chupa la comida y la traga entera.

Las crías crecen dentro de la **bolsa** del padre y salen una tras otra.

¿Sabias que...?

El hipocampo más pequeño del mundo no es más grande que un chícharo, esto es ¡1 pulgada (2.5 centímetros)!

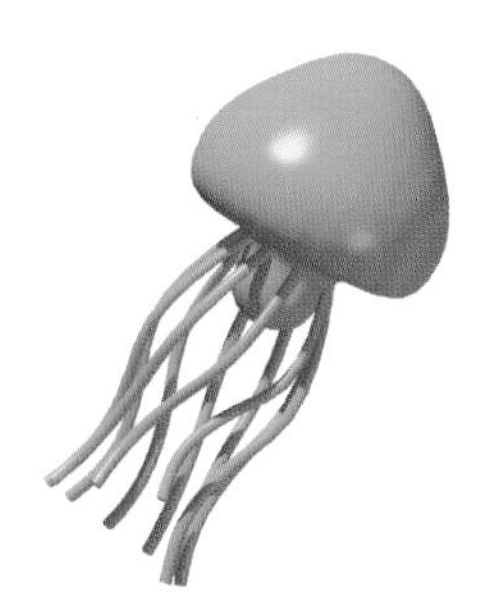

Criaturas insólitas

Una anémona de mar se parece a una bella flor, ¡pero con sus **tentáculos** atrapa su presa y se la come!

Todo tipo de criaturas insólitas vive en el fondo del mar o se desplaza en sus olas. Muchas de ellas no parecen animales. Cada una tiene su manera inteligente de atrapar comida y de mantenerse a salvo.

Con una **ventosa** redonda y carnosa se pega a la roca.

Este pepino de mar de color púrpura y anaranjado se arrastra por el fondo del mar. ¡Sus colores brillantes advierten a los otros que su sabor es horrible!

Si se asusta, la **anémona de mar** cierra sus tentáculos y parece una bola de gelatina.

La **estrella de mar** tiene cinco brazos en forma de estrella y cubiertos de pequeñas protuberancias.

El cuerpo de la medusa es transparente. Sus largos y urticantes tentáculos cuelgan bajo su cuerpo para atrapar pececitos.

Se desplaza lentamente en el fondo del mar sobre cientos de **pies** en forma de tubos pequeños.

¿Qué pez tiene el cuerpo transparente?

Arrecife de coral

El arrecife de coral es un lugar muy frecuentado. ¿Cuántos animales ves nadando o escondiéndose entre los brillantes corales?

¿Qué animal tiene cinco brazos y parece una estrella?

¿Cómo se agarran los hipocampos a las algas?

¿Qué animal usa sus pinzas para encontrar comida?

Palabras que ya sabes

He aquí algunas palabras que ya has visto en este libro. Léelas en voz alta y luego trata de encontrar las cosas en el dibujo.

pinzas **antenas** **dientes**
aletas **tentáculos** **corales**

¿Qué animal mueve sus tentáculos y parece una flor?

¿Dónde se esconde el cangrejito rojo?

Pulpita hace nuevas amistades

La familia Pulpo acaba de mudarse a Castillo de la Cueva, pero Pulpita extraña su vieja casa y se siente sola. —No me gusta aquí, extraño a mis amigos, —dijo llorando.

Mamá Pulpo acarició a su hija con sus largos tentáculos: —¿Por qué no damos una fiesta? —dijo—, así conocerás a los chicos del barrio y harás amigos? Daremos una fiesta de disfraces y todos querrán venir. Les podrás mostrar tus malabarismos y trucos mágicos.

—¡Sí, sí! —pipió Pulpita con alegría— ¡Que idea genial!

Pulpita se sentó a escribir las invitaciones. Con arena brillante decoró unas piedritas redondas y suaves y escribió con su más bella letra en el centro de las piedritas con su lápiz favorito. Luego las puso en conchas de color rosa y fue a entregarlas a sus nuevos vecinos.

Cangrejita vivía al lado de Castillo de la Cueva bajo una piedra aplanada y resbaladiza. Cuando vio la brillante invitación de color rosa sintió curiosidad por descubrir lo que había adentro. Tomó la concha con sus pinzas cuidando de que no hubiera algo que pudiera picar y la abrió.

—Nuestra nueva vecina Pulpita me invita a una fiesta de disfraces —corrió a decirle a su padre—. ¿Qué me pondré?

—Es muy fácil —dijo Papá Cangrejo—. Buscaremos una concha vacía, te meterás en ella y así irás de cangrejo ermitaño.

—¡Qué idea brillante! —río Cangrejita agitando sus pinzas en el aire.

Sin más corrieron a la tienda de segunda mano a buscar una concha bella y limpia.

Caballito de mar vivía un poco más abajo, en un magnífico jardín de algas. Al volver de su clase de natación encontró la invitación entre la maleza y la abrió sin tardar.

—Pulpita, nuestra nueva vecina de la otra cuadra me invita a una fiesta de disfraces —corrió a decirle a su mamá—. ¿Qué me pondré?

—Es muy fácil —dijo Mamá Caballito de mar—. Te haré un hermoso traje y cuando nades parecerás una alga ondulante.

—¡Qué idea maravillosa! —gritó Caballito de mar aplaudiendo con sus pequeñas aletas.

Fueron corriendo a la Tienda Mar Profundo para elegir el encaje de algas y las perlas para el disfraz.

Tiburoncito vivía a la vuelta de Castillo de la Cueva en las profundidades del océano. Cuando despertó de su siesta, la rosada invitación flotaba cerca de él. Sin esperar la partió en dos de una dentellada.

—Pulpita, nuestra nueva vecina de la vuelta de la esquina, me invita a una fiesta de disfraces —corrió a decirle a su padre—. ¿Qué me pondré?

—Es muy fácil —dijo Papá Tiburón—. Un pedazo de madera en forma de martillo atado en tu cabeza, e irás de tiburón martillo.

—¡Qué idea genial! —río Tiburoncito nadando de aquí para allá.

Sin perder tiempo, subieron a la superficie y encontraron flotando un pedazo de madera de forma poco común.

Al día siguiente, todos los niños se prepararon para la fiesta. Cangrejita lustró su caparazón, Caballito de mar ayudó a coser las perlas en el traje y Tiburoncito pintó de gris su sombrero.

En Castillo de la Cueva, Pulpita estaba muy ocupada ayudando a su mamá a barrer el piso y decorar la mesa con ramos de anémonas de mar.

Por la tarde, los niños corrieron a Castillo de la Cueva. Nunca antes habían entrado en la casa de un pulpo.

Pulpita los esperaba en la puerta de su cueva. Se había vuelto color púrpura para combinar con la puerta y llevaba una corona dorada en la cabeza.

—Estoy muy contenta de que hayan podido venir —canturreó Pulpita, moviendo sus brazos como un molino y gritando "por favor, entren".

El interior de la cueva era más hermoso de lo que habían imaginado. Había estrellas de mar rojas y anaranjadas colgadas de las piedras negras del techo. La mesa estaba llena de ricas ensaladas de algas, antojitos de mar salados y galletas de coral multicolor.

Tiburoncito se portó muy bien y ¡tuvo que forzarse para no tragar de un bocado toda la comida!

Después de comer, Pulpita les ofreció su espectáculo mágico especial. Primero desapareció detrás de una nube de tinta negra y reapareció en otro lugar de la cueva. Luego hizo malabarismos con nueve piedritas pintadas. Todos querían también tener ocho tentáculos.

Cuando fue hora de volver a casa, los niños agradecieron a Pulpita por la mejor fiesta del océano.

—Debes venir a visitarnos mañana en nuestro jardín de juegos favorito. Jugaremos al escondite —dijeron todos muy entusiasmados—. Te esperaremos frente a la gran piedra manchada.

—Allí estaré —dijo Pulpita saludando con sus brazos.

Al día siguiente, Pulpita se despertó temprano muy contenta.

—Se me ocurre una idea —sonrió—. Me esconderé en el jardín de juegos antes de que lleguen y los sorprenderé nuevamente con uno de mis trucos mágicos.

Pulpita corrió al jardín de juegos y cambió el color para combinar con la roca manchada. "Nunca me encontrarán", pensó riendo.

Cuando Cangrejita, Caballito de mar y Tiburoncito llegaron, esperaron a Pulpita frente a la piedra manchada.

—Me pregunto dónde estará —dijo Cangrejita, mirando entre las algas.

—Espero que venga pronto —dijo Caballito de Mar, golpeando sus aletas.

—Quizás decidió no venir —dijo Tiburoncito sacudiendo la cabeza.

—¡Aquí estoy! —gritó Pulpita.

Se voltearon y miraron la piedra manchada, pero no vieron a nadie.

Pulpita agitó los tentáculos y la roca pareció moverse.

—¿Eres tú, Pulpita?—gritó Cangrejita—.

Pulpita cambió de color y se volvió roja. Ya no estaba escondida.

—Qué suerte que hayas venido —dijo Caballito de mar—. Nos hemos divertido tanto desde que te mudaste a Castillo de la Cueva. Hay muchos juegos que queremos jugar contigo, pero no al escondite, eres demasiado buena en eso.

—Vengan —silbó Tiburoncito alejándose nadando—. ¡Atrápenme si pueden!

Ya no volveré a estar sola!, pensó Pulpita sonriendo a sus nuevos amigos.

Acertijos

¡Busca la diferencia!

Estos dos dibujos de animales marinos parecen iguales, pero no lo son. Encuentra las diferencias.

a

b

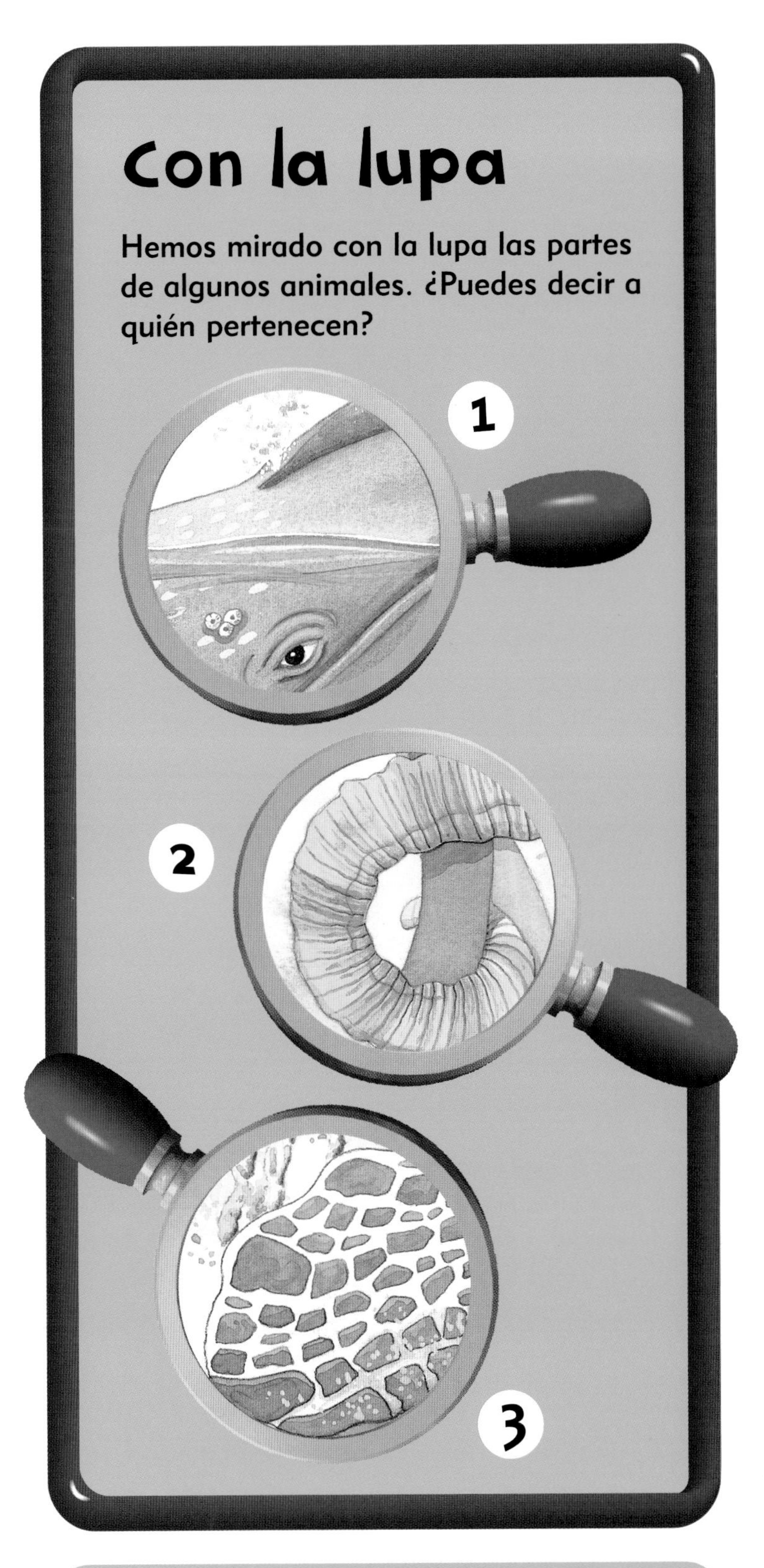

Con la lupa

Hemos mirado con la lupa las partes de algunos animales. ¿Puedes decir a quién pertenecen?

Respuestas: ¡Busca la diferencia! El pez tiene manchas, falta una pinza al cangrejo, falta un brazo a la estrella de mar, la anémona está cerrada. **Con la lupa 1** ballena, **2** caballito de mar, **3** tortuga marina.

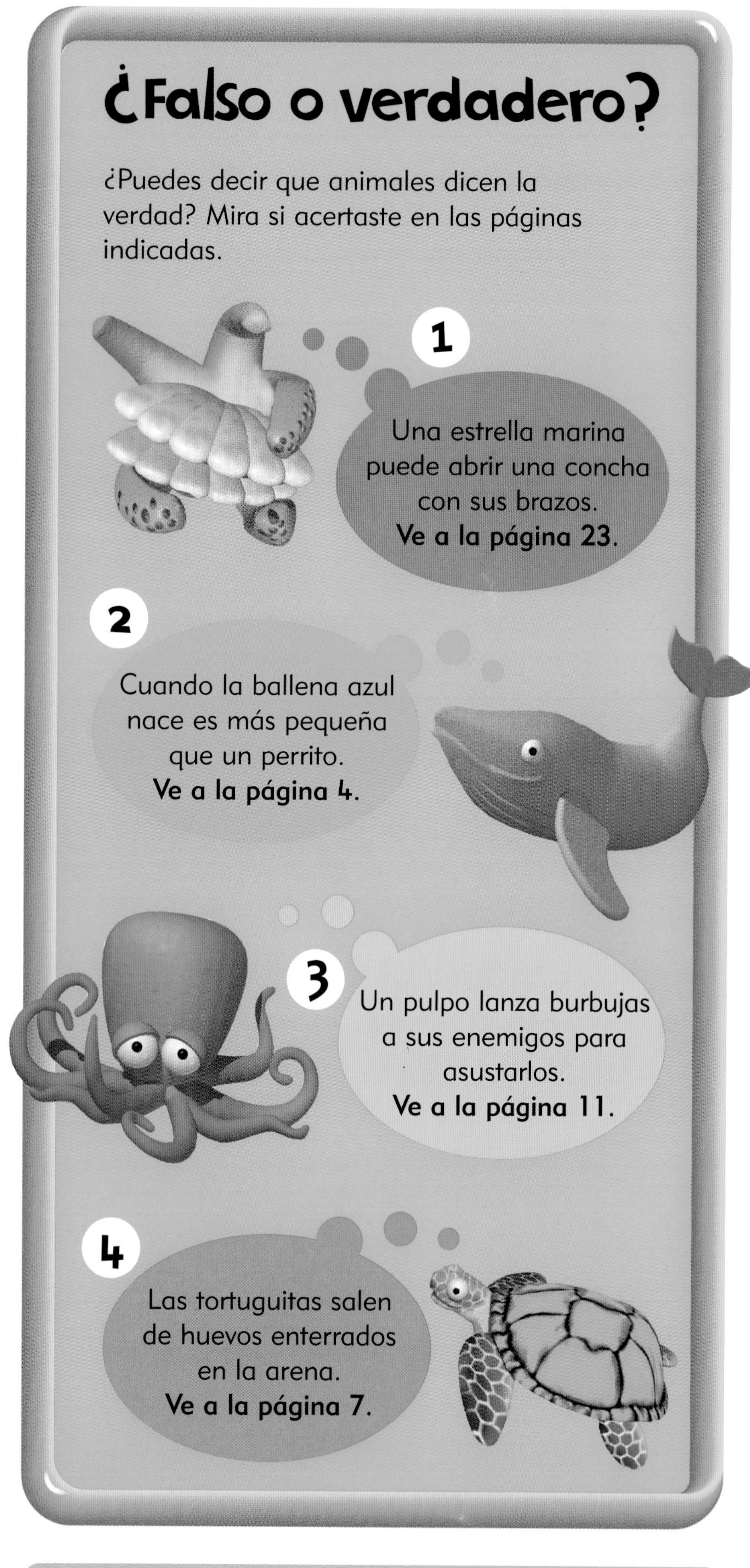

Respuestas: **1** verdadero, **2** falso, **3** falso, **4** verdadero.

Índice